胡杨树下的行走

崔有为　著

山西出版传媒集团

山西人民出版社

图书在版编目(CIP)数据

胡杨树下的行走 / 崔有为著. -- 太原 : 山西人民
出版社,2023.4

ISBN 978-7-203-12582-2

Ⅰ. ①胡… Ⅱ. ①崔… Ⅲ. ①诗集—中国—当代
Ⅳ. ①I227

中国国家版本馆 CIP 数据核字(2023)第 032745 号

胡杨树下的行走

著　　者：崔有为
责任编辑：武　卫
复　　审：吕绘元
终　　审：李　颖
装帧设计：元诗歌文化

出 版 者：山西出版传媒集团·山西人民出版社
地　　址：太原市建设南路 21 号
邮　　编：030012
发行营销：0351-4922220　4955996　4956039　4922127(传真)
天猫官网：https://sxrmcbs.tmall.com　电话：0351-4922159
E-mail：sxskcb@163.com　发行部
　　　　　　sxskcb@126.com　总编室
网　　址：www.sxskcb.com

经 销 者：山西出版传媒集团·山西人民出版社
承 印 厂：河北华商印刷有限公司

开　　本：889mmx1194mm　　1/32
印　　张：4.25
字　　数：108 千字
版　　次：2023 年 4 月　第 1 版
印　　次：2023 年 4 月　第 1 次印刷
书　　号：ISBN 978-7-203-12582-2
定　　价：48.00 元

如有印装质量问题请与本社联系调换

关于《胡杨树下的行走》及其他

作为一个诗坛新秀，崔有为的诗歌写作带有某种先天的宿命，这种宿命首先来自他的选择，毕业之后与挚爱一起来到新疆工作，初衷只是为了能与爱人执手相守，简单而朴素，在这里安家立业生儿育女，像父母的期待一样生活；新疆的诗性存在成为他最初懵懂书写的源头；其次他与诗歌的渊源宿命来自对塔里木这块土地的感悟，离开齐鲁大地的滋养，新疆南疆的塔里木盆地的沙尘肆虐和绿洲的盎然生机成了他又爱又恨的所在，爱的是他在这里几经平凡和与自己故土之恋达成了最后的和谐，适应生活本身后对这块土地的诗性充满了期待，在缪斯的召唤下开始琢磨语言的构成与诗性的表达，关注当下的世俗生活与生命本身的存在方式成为他书写的原动力；最后的宿命来自家乡父母无私的跟随照顾，从一个男孩到男人的彻底蜕变来自他母亲突如其来的疾病与离去，陪伴母亲最后的日子成为他很久以来最刻骨的伤痛，他一度像个孩子在故乡医院的走廊里彷徨、徘徊、懊悔，固执地与父亲争吵，对医生一次次地恳求，只为能留下母亲，留下可以默默站在他身后替他照看孩子的母亲，还有可以在他球场上挥汗如雨的运动后回到家可以像个孩子一样吃上母亲准备好的、熟悉可口的、吃了几十年的饭菜，他一意孤行地挽留曾让他无助地像个站在风雨中的男孩，此时唯一可以让他向前走的是诗歌。他第一次体会母亲离去后的撕裂感，第一次体会生命是如此脆弱，这些生存中的宿命和所有无法排解的忧伤都让他离诗歌更近，这也是诗神的召唤。

英语言文学学科背景出身的崔有为给自己取的笔名叫沙海驼，这个来自孔孟之乡的年轻人热情、敏感，英语言文学和文字的浸润并没有消磨掉他身上固有的传统，这种品性与沙海中执着笃行、踏沙前行的骆驼有太多的相似之处。他也时常带着几分单纯幼稚的中国传统书生气，喜好观察，把每一次的遇见与感受细细地用笔记录下来，用诗歌表达他对这个世界的认识，用内心的坦率与真诚打磨每一个字每一行诗。

对经典文字反复咀嚼琢磨，认真解读，甚至有种打破砂锅问到底的执着劲，让他的写作水平稳步向前，遣词造句越来越诗性。《胡杨树下的行走》由三辑组成，分别为《苍凉之歌》、《边城烟火》、《大漠之外》，一共收录 102 首诗，较为集中地呈现了诗人开启书写之旅之后的所见所思。这三辑的收录和归纳正好印证了那些宿命。以"胡杨"作为诗集的名称有其对这个生命物种的认知，更有对生活在这块热土上的人所寄予的情感。作为一个生命物种，胡杨是干旱大陆性气候条件下的树种，喜光、抗热、抗干旱、抗盐碱、抗风沙，它是生活在沙漠中的唯一的乔木树种，见证了中国西北干旱区走向荒漠化的过程。虽然已退缩至沙漠河岸地带，但它仍被称为"死亡之海"塔克拉玛干沙漠的生命之魂。无论是存活的胡杨树，还是那些已经死去的胡杨树，都告知我们一种生存的艰辛和无奈，对于文学而言这恰好是诗性的。

第一辑《苍凉之歌》从塔克拉玛干沙漠和静静的塔里木河开启，揭开了这块浩瀚蛮荒的土地赋予我们的一切，从宏观的视野到微观的感受让我们在诗人的感知中走进塔里木盆地，走近每一个人、每一个物，走近每一个存在与死亡，走近所有的无奈和静默，也走近所有生命的卑微与伟大。第二辑《边城烟火》让我们感受到了人间的烟火气息，这是诗人站在一个凡人视角的细致记录，从大漠的微雪、塔里木河飞架两岸的桥的遐想到饮食滋味，诗人几乎把所有的生活庸常都进行了诗化的处理，生活的碎片和生存的碎片成为一个个熠熠生辉的词语让人回味无穷。第三辑《大漠之外》则带有某种异乡人和远方游子的情结，更有对已逝母亲的深深眷恋。

作为第一部出版的诗集，凝聚了年轻诗人的心血。崔有为的诗歌擅用比喻，而且有许多亮点，这需要认真阅读来品鉴，当然也存在一些对生命体验表达欠深入的问题。另外，这部诗集的编写还存在一点分类层面的不足，尤其是第三辑，有些不够聚焦。但这些不足从某种程度上说也正是诗人诗歌写作日益成熟的延伸点所在。

　　《胡杨树下的行走》既是诗人作为凡尘俗世之人经历的一个动态过程，也是对胡杨树及其他物、人赋予精神内涵品悟成长的过程，这个过程与缪斯的召唤一样，有坦途也有曲折，但我始终相信这些过程和生命的感悟经历会是崔有为诗歌创作的生命力所在，也是他日益走进自身灵魂和对生命体悟书写出优秀诗篇的强劲动力。我和所有的读者一样，都会对他接下来更多更优秀的诗歌创作拭目以待。

肖涛

2022.7.26 仲夏时节

书于塔里木

把胡杨树化成诗

  几年前，在一个大报告厅里听报告，我打开手机浏览一首诗，邻座的崔有为老师问我看什么，我便将手机递给他。我们就小声地聊起诗歌。小声聊诗歌，一方面是因为在听报告，大声聊天会影响会场秩序；另一方面是因为在这个时代，两个大老爷们谈论诗歌会被人嘲笑。从上大学时起，我就一直喜欢诗歌，偶尔涂鸦几句，但从未发表过，完全是自娱自乐。听了我对诗歌的一通胡侃后，崔有为老师也开始写诗了。在功利主义盛行的今天，在谋取行政职位或申报科研项目成为高校老师的主要目标时，真诚地爱好并进行诗歌创作的崔有为老师就有些特立独行了。他最初的创作稚嫩乃至晦涩，我时常批评几句。他非常用功，把大量的时间都投入诗歌阅读和创作上，好像这是他唯一的事业和生活。尽管起步晚，但是他有天赋，悟性也高，所以上手很快。当然，诗歌不是一种语言技术，而是艺术，说崔有为老师写诗上手快是不准确的。诗歌创作除天赋外，也需要积累，也需要生命体验，这些，崔有为老师好像都具有。

  在塔克拉玛干沙漠边缘、塔里木河畔的边疆小城生活十余载，来自山东的崔有为老师甘愿做沙海中的骆驼，在胡杨树下不停地行走，走着走着就成了一位诗人。在这部诗集中，塔克拉玛干、塔里木河、沙漠、胡杨树等就成为出现次数最多的意象。这不难理解，因为这就是诗人和我共同的生存环境。但歌咏塔里木河和胡杨树的诗歌太多，一不小心就会流于陈词滥调。比如写胡杨树，多数人都会提到三千年的传说，崔有为老师也在《千年胡杨》一诗提到，却在最后一节写道："但这并非全部/在一个寒冷的春天/我看见三棵小树，在一个沙包/悄悄结束了自己的生命"。这是对胡杨树三千年传说的背叛，因为诗人能直面生存的艰难与现实的残酷。《胡杨树和它的叶子》一诗则完全摆脱三千年传说的窠臼，该诗最后两行写道："死亡如蝶/或黄，或绿，或红"经历四季更替、天道轮回，胡杨树和它的叶子的生死都充满诗意，诗人由此也对生死有了新的认知。从三千年传说到精神的象征，胡杨树即将成为一个死去的意象，但诗人的《沉默的胡杨》却另辟蹊径，指出人是无法看见和理解一棵完整的胡杨树，它是沉默的，"它和我们无话可说/它只和神对话"，更显现出胡杨树的神圣。由此可见，崔有为是充满创造力的。

自然环境和气候的恶劣，并没有使胡杨树倒下，也没有让生活变得死气沉沉，边城充满烟火气息。诗集的第二辑《边城烟火》记录了诗人从日常生活和工作中挖掘出的诗意。《监考记》《年终总结》两首诗把重复枯燥的工作变成诗意的飞翔，《大盘鸡》《腊八粥》《醉蟹》《吃鱼记》《厨房》等在饮食中挖掘诗意……这些都是诗人对现实存在的介入，在处理日常化的当代题材时又保持了个人化的自由想象。在一个寒冷的夜晚，崔有为老师与我们几位朋友聚会，我们都喝多了，他是唯一清醒的，我们只有醉意，而他有诗意，创作了《喝酒》一诗。从这次聚会和这首诗，可以看出崔有为老师作为诗人的敏感和挖掘生活中诗意的超凡能力。

崔有为老师并不拘泥于日常化的题材，他的眼界是宽阔的。诗集第三辑《大漠之外》中的《失乐园》《丑小鸭的故事》《稻田守望者》《鲟之殇》等都是对社会热点的关注，表明了诗人的爱憎。不过，我更喜欢第一辑《苍凉之歌》中的一些诗。

在第一辑中，许多诗都涉及生与死，涉及对存在的探索和揭示。对生死的思考，与诗人母亲的离去密切相关。《塔克拉玛干沙漠》《静静的塔里木河》《一个人的死亡》《大红灯笼》等都在探讨生死。诗人对生与死的思索，并不是枯燥的哲理论证，而是形象的表现，是生命的感悟，因而自有其感染力。

《看》这一首诗不长，诗人认为"冬天，才能真正地看清一棵树"，是因为冬天把一切都裸露在诗人眼前。看清一棵树，看清一片天空，看清人世纷扰，诗人由此获得了一种通透而进入澄明之境。《道》以季节更替喻"道"，把难以言说的"道"描绘了出来，因为"道法自然"；该诗看似朴实，却充满玄思。《反对之物更易陷入》中，人就是这样充满了矛盾，越是反对什么就越是推崇什么，按其惯性（本性）不可避免地坠落。《石头记》不是红楼一梦，石头只是诗人进行玄思的起兴之物，该诗满蕴哲理。这些诗可以说是对存在的探索与某种揭示。《生命易碎》更是如些。王国维在《人间词话》中说："诗人对宇宙人生，须入乎其内，又须出乎其外。入乎其内，故能写之。出乎其外，故能观之。入乎其内，故有生气。出乎其外，故有高致。"在存在深渊的中心，无法看清其全貌，而陷入迷思和不可信，但也有人磨刀霍霍。诗人有自己的选择，那就是"让自己的每片叶子饱满、温润、有光泽"，但也需要清醒。这的确很难，因为生命易碎。该诗尽管还没有达到出入自由的境地，但也在出入之际感悟到人生或存在的某些方面，因而有"生气"，也显高致。

　　《忘忧》一诗很短："古老的树/把头埋进土里，它的根须/伸向空中/它的身体在蓝色虚无里/自在地摇摆/忘记了自己是一棵树。"这首诗写出了物我两忘，自由自在，与天地浑然一体的状态。《我羡慕那些落叶》中的落叶自然地生自然地死，一切都合乎自然，其生命尽管单薄然而完整。自然而美，这正是诗人所羡慕的，也许还是诗人所追求的。

　　我更喜欢第一辑中的这些诗，只是我的偏好，且不一定领悟到诗人的本意。整部诗集都是诗人生命体验的结晶，都值得一读。这部诗集只是一个起点，我希望崔有为老师把胡杨树化成诗，把生命化成诗，创作出更多更好的诗歌。

胡昌平
2022 年 7 月

目　录

第二辑 边城烟火

第三辑 大漠之外

第一辑　苍凉之歌

塔克拉玛干沙漠

让日夜相伴的两个人生死分离

是怎样的一种场景

试想万平方公里的沙和万平方公里的海

他们之间的一场离别

一万年的相依为命

那一天，他们的悲痛何等庞大和绝望

等海的巨身一点点消失，仅剩下

一捏雪白的骨质

曾经的温柔和澎湃，化为乌有

沙的世界观是否是：人生虚无，大梦一场

但此时，她流不出一滴眼泪

人们说她是死掉的海

可是，她不也是死掉的沙吗

他们死于同一天

风继续吹，风从来没有止过

吹过白象和铁塔的风，也吹过草木和蚁群

塔克拉玛干死去，塔克拉玛干活着

塔克拉玛干

以死亡的方式，活着

静静的塔里木河

这条河，一定受了很重的伤

不然不会如此决绝地

封闭所有记忆

提刀的风，夜色中一再去恫吓

正午的阳光，也曾试图靠近她的心房

她越来越漠然，直至彻底的沉默

她承受了太多

仔细看，那些细细的裂痕和停止在水面上的石子

她平静如死亡，制造出生命的第三条岸

隔绝两个异质世界

从此，我看不见你的笑波

你也看不见我的颤抖

一个人的死亡

没有狗叫

没有哭声

没有最后的安慰

更没有浩浩荡荡的队伍

一个人，不能像一棵胡杨树

生而不死、死而不倒、倒而不朽

只有腐朽，才能让身体发出刺鼻的尖叫

死亡，才能被看见和谈起

所能谈起的，只有身高和眉眼

塔克拉玛干的死亡就是这样

一切死亡都像一粒沙

跌入无边无际的辽阔和寂静

看

冬天适合看树

适合在树底下看天

看粗壮的枝条，如何瓜分天空

看更细的枝桠，如何划分更小的天空

看，一代一代的手掌，绿了又黄，黄了又绿

从土地里刨食活命

冬天，才能真正地看清一棵树

大红灯笼

挺悲壮的

一排排地。站立不休

生于黑夜，死于黎明前

喜欢它们胜过天上高远的星子

它们是我睿智的亲人

同时，也是死掉的美

风来的时候，它们的身体一动不动

心中更无一点光的韵律

是僵住的火焰

它们是用水泥和钢铁，浇筑的仿古物件

红色蜡心，竹子骨节，拎灯笼的人

都远去了

大漠空空，我守着她的静和空旷

黄金岁月

塔克拉玛干，也曾有过贤者

他把身体时常拉成一张满弓

他的眼里，盛放着远方和公器

他不关心他的口粮

他有更重要的事，比如

从远方牵回几匹毛色发光的马

有时带领族人

寻找传说中流着奶与蜜的应许之地

更多的时候，他只身一人

潜入虎狼之穴

他是天山上的雄鹰，生于空中，死于空中

夜晚发生了什么

一件衣服躺在床上

衣袖和领口，此时空了起来

穿它的人躺在另一边

肉身打起呼噜

灵魂起身，走出小小的屋子

去完成白天未完的事情

天快亮的时候，才迟迟回来

快快地穿上休整一夜的肉身，一切妥帖

这是人身上最合身的衣服

一世，神只给一件

天亮后，衣服之外再加衣服

而轮回，就是穿上不同的衣服

在不同的世界行走

一粒米

它不是塔克拉玛干的一粒沙

它是世间的一粒米

滋养过许多人，过滤过许多人

偶然被老燕子，衔到滚滚的塔里木河

那么多波浪，那么多风

它浸泡于河水

它开始大于自己，成为硕大无比的一粒丰收

大鱼和飞鸟落在上面，啃噬不止

洁白的米粒露出白色的骨头

正骨的人去了繁华的北国

大漠需要一个招魂的人，拧干

身上多余的水分

那是一个贤者，用桃木手杖

划出的边界

等待

一地鲜红的残骸

很难想象，这群小小的死士

是昨夜那场绚烂而响彻的造梦者

有的人就是这样，危险重重的一生

只为在某一刻

发出振聋发聩的一声

有的人，把毕生的色彩藏在体内

等一个人

握在手心、点燃，发出嘶嘶离别声

义无反顾

去照亮浓重的夜空

那些惊叹和欢呼，不会止于

落地的一刻

要相信，物是人非的某一刻，那些响声和色彩

会再次回到眼睛、耳朵

那个夜晚会点燃更多夜晚

每一个绽放的瞬间，都会带着回声

回来

沉默的胡杨

把一棵树和一个人

放在沙漠

让一切回到起点

我们会明白

活着的人，无法理解一棵树

地下的部分

死去的人，无法理解

阳光下一棵树，地上的部分

即使有人

看见了完整的一棵

但在古老的胡杨树面前

我们如夏虫

它和我们无话可说

它只和神对话

边界

年怎么了？像是被什么东西追着

仓皇地跑在人的前面

大禹治水，尚未做最后的决定

凶年众生，深陷深蓝色巨浪

水下憋着的那口气，要等到新年

婴儿般哇的一声喊出来

在那之前，我们还需俯首为牛

卷进旧年的最后一口草

我依旧守着我的大漠，我的荒凉

让石头失重成沙

在胡杨树下，聆听一朵花的呼喊

回来的马

一匹热气腾腾的马，行走于

风不止的冬夜

在深重的无边黑色里

去辨别一匹白马、黑马，意义坍塌

它大颗粒的泪珠，冲出了窗棂

砸在水泥地上

它开始怀念柔软的草，甚至那一柄

在头顶发出啸叫的鞭子

它忍不住嘶叫一声

风，消弭了所有肉质的回声

道

冬夜，把世界一点点凉透

第二天，太阳又把世界

一点点焐热

风，也热衷于此

它会毫不犹豫地剥光一棵树

经过难堪而残酷的一段时光

才肯对着光秃秃的枝干

徐徐呵气，催发蓬勃的叶子，建构新的春天

文字比人更让人踏实

那些闪着光的文字

在聚会前吹出大大的彩色气泡

像红薯被烘烤的肉身，入口前

散发出一缕一缕的陶醉

距离粉碎的瞬间，一个失去了引力的

星球，除了坠落，再无其他

面对着一桌子的骨头、羽毛或者鳞片

诗人轻易地复原出

一匹奔向草原的马，飞还天空的鸟

和重新跃入海的鱼

它们都来过，四目相对过

带着白气的话语，响亮过

又急匆匆，各自归入各自的世界

从这一刻起，我就知道

人类永远得不到一朵完整的玫瑰

我们满心欢喜、充满渴望地，去看，去嗅，去抚摸

在触碰的一瞬，玫瑰永久性地

失去了她独有的芳香

反对之物更易陷入

我们曾拿出很多黑色的牙齿

去阻止一个

接近糖果的孩子

为了心口上的蚂蚁

女人会把泪珠、一只碗，还有整个自己

摔碎给他看

对着夕阳，夜，拿出了

空、逍遥游和戒

昭示最后的稻草，它的毒性和虚无

哦，这该死的惯性的坠落

我们极力反对什么，我们就在推崇什么

石头记

真替你担心，就要涨破了

那么大的一块石头

无所依傍地飞在空中，需要怎样的念力

圆满比残缺更招致相思

渺渺宇宙，你这最忠贞的情人

天空也是爱大地的吧

不然不会一整夜，满眼星光地看向她

但论淘洗人间

黑比白更为彻底

我相信佛祖是厌世的

有些人停下了脚步，定居于冬天

有些人还在越冬，仍期待春天

只要想到世间望不尽头的苦

和那一点甜

这也是我在寒风中穿越了胡杨树的黄昏

想到人不惧死的又一原因

怕鬼，怕了那么多年

他们也有亲人，也被人爱，被人思念

不像这世上的人

各顾各地夺路，吵闹不停

冬季行囊

放下吧，像冬天的落叶那样

有一场雪

在必将到来的路上

在它落下之前

你听到了枯枝即将发出的脆响

它也会轻轻抹去

你之前的路，包括经年的血污、泪渍

和让你一再跌倒的石头

所有的路，汇聚于此

不必嗟叹，踏上这条苍白无力的路

走过四季的人

从容地谈起最后的冰与火

安西都护府

它又活过来了，把它从土堆中

拽起的

是混凝土浇筑的昨日誓言

骑马的人，把一个王朝圈进旗子

开城，亭中胡旋舞

正在上演，城墙上没有烽烟

这一切

都是活着的死亡

不像西安城楼那样命苦，这一世

依然灯红酒绿，接很多的客，做很大很遥远的梦

永不安宁

它只需要安静、肃穆

在这苦寒之地，守着一轮冷月

用自己证明自己

忘忧

古老的树

把头埋进土里，它的根须

伸向空中

它的身体在蓝色虚无里

自在地摇摆

忘记了自己是一棵树

寒夜

那些灯火

或明或暗地反抗着

但反抗的结果

却诡异地走向悖论

夜被削弱，被强化

黑夜因此清晰可见

被洗劫一空的山脉

它黑色的沉默

使它真正成为一个悲剧

胡杨树与塔里木河

每年冬天

风会把一些鲜绿的胡杨树叶子，打着旋儿

迅速抵达生命的尽头

以美的坠落

定格成一种美的永恒或者永恒的美

越过了冬的塔里木河

此时积蓄了一个春天的雪水

像一个胀满了乳汁的母亲

携带着几万吨涌动的爱

寻找孩子

摸到冰冷的石头，她会一遍遍

吻着，热泪滚滚

入海，已经不是她的梦了

深渊

深渊岸边

比深渊中心更能看清

它的全貌

不同于十月的叶子自然的零落

一团火如何被狂风瞬间扑灭

颤抖之后，天上落下的雨和地上流淌的河

这大地的语言

有人在黑色的湖中，暗暗磨砺刀片

更多的人，陷入一种人生迷思和不可信

并决心从明天开始

让自己的每片叶子饱满、温润、有光泽

链条的每一环，都有其

深刻而奥秘的含义

你需要，一点点醒悟，也默默流泪

我羡慕那些落叶

我羡慕那些落叶

那轻盈的、如约而至的死亡

相比轰然倒塌的老屋和虎口那些

被撕裂的断肢

它们从容、洒脱，一切自然的样子

在风中生，在风中死

舒展着迎接风雨和阳光的一生

当肌肤有了土地的颜色

其中一片，风中轻语：

"是时候了"

于是，千千万万的叶子跟随，飘飘欲仙

简单而庞大的告别

我羡慕那些叶子

单薄而完整的一生

巨石传

在无边的塔克拉玛干沙漠

有一块有名的石头

它的脊背上

刻着圣人的一句话

烙印常年洇着血渍

方圆一公里，没有一片纸屑

也没有一棵草，一朵花

周围的石头涌向它，并形成了新秩序

伟大的石头，独享着无上的

尊荣和孤独

再也不能长大

一生，只重复一句话

不能多说一字，不能少说一字

秋辞

一只手在空中，编织五彩仙衣

一只手在大地

把种子和黄金埋进泥土

反复研习——破与立的古老命题

金字招牌

正经历秋天最冷峻的霜降

塔克拉玛干，被正午的太阳

炙烤而冷却下来的石头

反刍着早年补天的梦

边塞的沙土稀薄

土里和舌尖上，留下了太多

围观不语的铁证

午夜深埋着

辗转的地雷与异梦的教徒

等待历史，以一种宏大而悠远的

叙事笔法

在大漠写下最后的生死鉴定

胡杨树和它的叶子

不说秋和雪

残酷的事，统统不提

清晨落地的叶子

知道明年春天

还会有一批新的叶子继续轮回

一厘米的春与夏吗

它们何时知晓了自己如衣的宿命

还记得

阳光和泥雨打在身上的那种战栗吗

和它们一样轻的沙尘

还在心里飘浮着、不肯落地吗

死亡如蝶

或黄，或绿，或红

千年胡杨

蜚声四海却又不为人知的一生啊

用不死的一千年

扎根，阻击沙土

只为守住脚下的一平方米

再用不倒的一千年

一个姿势

横卧成最美最残酷的夕阳晚景

最后，用不腐的一千年

生发一片绿叶

在死亡之海，写就最传奇的神话

……

但这并非全部

在一个寒冷的春天

我看见三棵小树，在一个沙包

悄悄结束了自己的生命

秋天试图对抗虚无

万物，不可挽回地走向冬天

大河向深处撤退

即便不倒的胡杨树

除了金黄，已别无选择

每一片树叶，都已被精密地瓜分

枝头上的果子，捧出了一生的积蓄

央求途经的飞鸟

"吃掉我，把种子和骸骨送到远方"

天问

叶子盖住了小路

下落还在继续

夏日风光和那个人

去了哪里呢

就这样永远消失了吗

死神自己也会死吗

弥勒也有不开心的时候吧

洞悉了人间那么多疾苦的菩萨

是怎样涉过深渊的

佛祖也有自己的烦恼吗

那些让我们抽搐、心如刀割、心心念念的人

在火里永生了吗

胡杨树的泪

都藏到了什么地方

当我们变成一粒沙子

那个把我们捧在手心里玩耍的孩子

会开心吗

看啊，腰间别着大葫芦的庄子

在大海里多惬意啊

我们如何成为我们

一片金黄的叶子

一个金黄的梨子

同时落到地上

土地如何记录这件事

没有被品尝的果实是完整的吗

明年春天

树再次挂满

相同的果子和叶子

它们再次欢呼雀跃的时候

风是如何分辨和呼唤它们名字的

大漠秋雨

穿越混沌

她用冰冷敲打人间，并赐予

顺畅的呼吸

草木正经历一场水落石出

一些花，霜里吐出了全身的骨头

万物纷纷脱掉不合时宜的夏色

颤抖着承接宿命

身体里的滴答声与这场秋雨

里应外合

枝头最高处，挂着最大的一滴蜂蜜

色与空

在十月合而为一

秋之胡杨树

如果不了解他的残酷，一切美

都流向肤浅的抒情

在大漠，此时的胡杨树开始战栗

却也无能无力

这很像劫难面前的你，也曾那样抖过

蜷曲的身体，绿色的水褪去

木质的石头，逐渐显露历史的伤痕

你站在那里，摇摇晃晃地

品尝了初秋的霜露

苍老的眼睛

洒落一地，有一地金黄的安详

枯叶蝶

在他的梦里飞过，但不能

做逍遥游

它过于单薄和轻

必须紧拢双翼，做衰朽状

最好是濒死之态

待大鸟飞走，它才缓缓打开

翅的另一面

海一样的深蓝色

在空中，它获得了等待已久的

美与真

此刻，太平洋心口正酝酿着一场风暴

入林记

我来时，它已被洗劫一空

好在秋天有的，它全有

时间已把它遗忘

长久的凝视后，我才发现树顶上

有一颗巨大的血滴子

因我的凝视，它又红了一下

直至从衰败中完全显现出来

继而，我看到每一棵树，皆是如此

这是一些秋天最后的果实

不屑于丰收和奉献

美的定义

它们高傲地，隐居于衰败

甚至躲过飞鸟的眼睛

固执地把最后的甜蜜，献祭给

神所在的天空

入冬记

还没厌倦吗

冬的必然，不过是再一次的

春的遥望、夏火与秋凉

等雪落下来

我会把四季捆起来，装订出人生

第一本诗集，那时胡杨树又增一轮

我便从中挑出冷彻的一页

读给你听

那些忧心的数字，你却欢喜异常，

你说：

"多好啊，所有人都重要"

所有人都得到了回应

妈妈，你在故乡，一个小雪人的模样

浮萍

不说风雨、飘摇的命和回不去的故园

撑小小的伞

荼蘼到最大、最绿、最圆满

学着荷叶的样子，浮到水面

拒绝淤泥和水草

可以做勃朗特姐妹，把离奇的故事

压进交错的脉络

也可以聚集成，以浪漫为血缘的贵族

拜伦、雪莱、济慈

看她行走于美、西风，并给予她永恒的

生命和恬静的笑

树冠的秘密

只有在秋天，你才能看清

抱成一团的、黄金一样的

树冠的秘密

那些单薄如纸的叶片和浑圆的

树枝之间

它们的关系并没有看上去

那么紧密

坦白地说：弱不禁风

秋日的抒情和美

总是泛滥成灾

美丽的传说

一个神话

需要一场逆天改命的东风

还需要一个支点，让小小的沙棘果

翘起最穷的村落

必须全心全意

粉身碎骨，交出身上最后一滴

呼吸过阳光的生命和灵魂

此时通透而酸甜

剩下的，不过是加入一点概念和修辞

从此，枝头的每一枚浆果

有了比红苹果、黄梨子

更重的分量

小小的灯笼，发出橙黄色的喜悦

幸福的光流淌

照亮了千百年苦涩的夜空

红蜻蜓

我太苍老

不能再立在尖尖角表演芭蕾

一个孩子，捉住了我

和我轻语

并用小手

摩挲、细数我薄翼上的脉络

从此，我的一千只眼睛

只有他一人

我的身体

变成了大理石地板的颜色

最后一次起舞

颤抖如叶

落在

我的晚年和他的童年

没有月亮的中秋节

一切都接受

这世间，名不符实之物太多

这月，人间的神物

也常被一片叶子遮住，有时是整个森林

更多时候，它残缺，躲进云中，再不相见

天空那么空，黑夜那么黑

一个月亮怎么够呢

谁愿意架于高空

做一个位高而无权的傀儡呢

宁可深藏山谷、大漠、河畔，结出

一树一树的黄橙金橘

每一枝都饱满，每一个都酸甜有味

一把刀的炼成

火红火红的，多像一颗赤诚的心

突然遭遇那么冷的水

一块铁的嘶嘶的叫喊声，一块

剜去了心的铁，他们说"好刀"

有些人就是这样

变得沉默和锋利

劈向同样沉默的一块石头或一块铁

来证明自己的锋利

最不成器的，砍向了草木和牛羊

风吹着现实主义的沙滩

风没有止，从来没有

只是有时候风轻

比如你清晨起床，惊愕地面对

一张破碎的蚕叶，开始确认和想象

黑夜里那些细碎的啮咬

你坐在镜前

梳理染白的头发，也是如此

傍晚的风，轻轻抹去

沙滩上的名字和城堡

有时候，会带走海边的一个人

秋风，更是如此

如果加上一个足够漫长的期限

你就会明白，一块巨石

如何变成塔克拉玛干的一粒沙子

塔克拉玛干

谁来也是如此

很快被涌现的千军万马包围

遍地土地的尸骨

丧失了繁衍的肥力，广阔的赤贫

四极八荒没有一点声音和异色

陷入其中的，绝仅如此

比如一只刚飞过天空的鸟，带着

更为致命的沙

落脚熟悉的枝头，整整一个下午

不说一句话，也不再哄抢落在地上的麦粒

小小的眼睛，装着大大的世界

但不再有光，夕阳落下

一峰骆驼，大口吃下了

沙漠植被的刺与花

傍晚是一种重叠抒情

不再说夕阳和晚归的牛马

炊烟太僵硬

月亮生出厚厚的茧子，清辉所剩不多

让我们直面血与迫近的死亡

我们需要完整的、更加贴近土地的

消失。鲜花与崇高之辞，不足以定义

一条泥沙俱下的河流

还给我，足够的泪

必要时，在纸上刻我的名字

但不要重复我的路，我不需要并行者

当你点起火把，请倾听一个母亲带着哭腔的

呼唤

失去的拥抱，会让你明白缺陷之壮美

明天，土地里重新长出的孩子

就会从黑暗处返身黎明，缓慢而坚定

每条河流都深藏火焰

不止酒

且看正午时分的河，燃烧跳跃的

是普罗米修斯无须盗取的另一类

黄昏，他经过了落花和骨头

河底的石头流失了锋利的部分，开始接受苔痕

并享受和反馈光泽

河畔散步的哲人，变成一股流沙，消失不见

留言被风传唱：人永远无法

踏进同一条河流

他融进夜，坑洼处以真实的虚构填充修补

薄薄的梦中想起陈年旧事，一轮红日

从河心升起

塔里木河

太阳在你心里,燃烧数日

你并未沸腾

月亮落在里面,已有几夜

你并未澄澈

对孩子们戏谑的石击

报以圈圈笑靥

一并接受的还有

轻浮的塑料、腐朽的菜叶、锈迹的沉铁

哦，还有点点星辉

是什么让你在心智游离的迷雾中

依然母亲般解开衣襟

滋养一排排春天垂死的胡杨

时钟在你体内汩汩流动

你将流动和光，倾注于

曲折的人生沿途所有干渴的生命

你的爱，在下游

另一种开放

夜一点点黑下来

天上的石头在头顶开始闪烁

这是凝固于天堂的烟花，永恒的存在

须黑暗为幕，方显现真身

大地上的石头在等待秋水落下

风霜过后的情意，有一种入定的澄澈

有的红得像火，有的通体金黄

在无人的湖畔，一朵叫艾米莉的独身玫瑰

正沉醉于空白的快乐

爱上了自己的美少年，变成了一株水仙

我注意到

我注意到有些孩子

对于弱小之物

生来就喜欢作践和攀折

很像从地底下

释放出来的一股破坏的力

而有些孩子

生来就柔软，不听劝阻地

把小手伸向和抚摸

一只猫或者狗

还会小心翼翼地

从地上捡起断枝或落花

很像从云上面

特意下来，修补世界的天使

虚构一场雪

虚构一场雪

从烽烟中最后站起的胜者

厮杀过后的晴空出发

在史官哆哆嗦嗦的笔腕处

发酵、蒸馏、勾兑

并借我几日好天气

酿成一坛好酒，置于山峰

让它飞，让它漫天飘洒

让所有的舌头和眼泪大雁成行

请再给我一把古琴，两个书童

我要用这坛美酒，款待

眼下围城的十万乌云

让他们知难而退

让他们知悉不仅脚下迷雾重重

回去的路，也是

秋韵

秋天酿造的一坛好酒

就要挥发殆尽

巨大的虚空将盈满

空空的容器

期待一双温柔手

覆一层雪花于白瓷素坯

除此之外，只剩

刺骨的风，水与火的思念

冬日岸边，站着一个孩子

怀里的花盆依旧空空

深渊

不必美化

夜，也是生命的一部分

深渊深处

别期待：泉水、春风、蝶

偶尔会有花

被切割的新鲜的美丽的生殖器

司空见惯的有：撕裂、跌落、毁灭

血液、泪水、性、排泄物

慢慢枯萎或者戛然而止

隐私被精确测量

比如一只盛放尿液的量杯

会在一个清晨，以啤酒杯的高度

和一只打水归来的水杯

几乎相撞

仅剩两种宿命：西西弗斯或奥德赛

没有神话

只有不断被啄食的心脏和献祭者

一只小船的呼唤

四散的种子汇聚树根处

海妖在远处唱着哀伤动人的骊歌

极乐之土，没有一丝痛苦和忧愁

深渊之上，一柄锋利的剑从天而降

扎入钝锈的肉身

惊弓之鸟围拢过来，诱惑着

家中已备好热粥和你最爱的菜

生存或者死亡

再来一次

第二辑　边城烟火

边城微雪

一场形式主义的润

像是古代从京城出发，经历重重关卡

最终抵达的救济粮

落地的雪总是很轻，最后的车辙

神秘的消失术

草木正在等待 滴水的前世今生

不必洁白

土地深处的激烈抢掠

交错的缠斗，有时会令一整棵树

短暂地颤抖

除此之外，它们儒士一般挺立

彼此保持着一种得体的距离

塔河双桥记

（一）母子桥

同在一条河上

没有不破不立的激进

他们并行挨近，像一对母子

流过母亲的水，接着流过儿子的身体

儿子俯身，学着母亲的样子

腰身一弯，就是一辈子

沉甸甸的爱与慈悲

有了神的影子

我羡慕这样的母子

（二）姐妹桥

她们共享着一个名字

或者说，没有属于她们自己的名字

塔里木桥如同王氏

她们的区别在于：一个新人，一个旧人

那么，接下来的故事情节，必然走向

一妻一妾的家庭结构

最终一人门前冷落的失衡结局

（三）叹息桥

更悲惨一点

是为情所伤的苏小小或者鱼玄机

身体化为一座

灵魂化为另一座

以身体做药引，用焕然一新的皮囊

迎来送往天下人

只有灵魂，再无一人经过

（四）兄弟桥

其中一座，多像安放我的家乡

有着开路的先锋与劳苦

等你来

把河水给你，肥美的鱼

连同新垦的土地

统统给你

我僵硬多足的躯体，弯曲成一款

历史的文物

安享戍守的美名和晚年

大盘鸡

在阿旦家

我时常担心，吃掉的

是一只误入而被店家宰掉的凤凰

在餐盘里

一只鸡和一只凤凰

并没有什么区别

拐进大山的女子身披红花

来到边疆的一代人

早已验证如此

当天空陷落，一个舌尖上的国度

你所说的祥瑞是什么意思

在边城过年

逛年货街

小路悠长，空城拥挤

屠夫和断头的牲畜，包围了小城

最大的一家书店

那道门再也无法隔绝什么

喝咖啡的人，探头出来

加入鼎沸的红色队伍

远方来的人，穿行而过

两手空空，他只看

对着落满尘埃的路摊货，白皙的额头

摇了又摇

他不知道面前的所有

已是边城沧桑的掌心捧出的最高礼遇

他不知道铁钩上的肉

昨天曾以一个完整的形式，在一片白茫茫的

盐碱地，沉默而回味无穷地

享用了一个生命最后的晚餐

烟花赋

烟花

那迷人的明亮的死亡

不像树上的叶子

在风里，慢慢打开自己

慢慢绽放

一点一点，凝固和稀释

生命的颜色

衰朽是必将到来的黎明

它一点也不急

在这个夜晚

烟花是刹那入秋的叶子

叶子是慢慢绽放的烟花

广场舞

一小块大理石

加一个黑色音响

就能让僵硬的骨头再次渗出水

脖颈、手腕、腰胯，流成一条融化的河

眼角也生出顾盼的春风和桃花，让时光倒流

其中一人，披着霞光

她变成一株

被自己击中的水仙花，陶醉在自己的石榴裙下

她不取悦任何人，她自美着

周围的景色旋转着

涌向她

腊八粥

谷物的一次会议

热烈而混沌

水，滋润过它们

此时，正煎熬它们

添加一把糯米，是洁白的书生

软糯而无骨

不善撒豆成兵的幻术

红豆摁进水底，把相思搅拌成黏稠的漩涡

再也分不清你我

还需几粒绿豆，解你一年

身上的流毒

一捧小米，给你

为人所必须的养分，让你

活着

别忘了，最后加几颗冰糖，记得这个世界

仍有人爱你

这一天，我们不再祭祖、敬神

论菩提树下悟道之事

我们保留了好听的名字

腊八粥

我们端起一碗，剥除它的魂魄

饱饱的口腹之欲

如砂锅，会渐渐凉却，会再次炽烈

大争之世

我们像一碗粥那样活着

双手紧紧捧住暖，虚妄而真实

喝酒

我没有想到的是

山冈上的猛虎，也会被蔷薇所刺

他们哗地脱掉身上的虎皮

变成一个委屈的孩子

指着腹部和脖颈上的伤口，给我看

他们眼中流转火焰和冰河

最后瘫软成一团泥巴

我是现场唯一清醒的人，也是最糊涂的一个

惯于把生活团成泥巴

今晚，酒中没有诗意

只有天凉如水

跨年

不过是捡起一粒沙

又放下一粒沙

总有一天，石头上的字连同石头

一起消失

在巨大的苍茫和厚厚的卷宗里

找不到一滴新鲜的血液

比起此起彼伏的黑夜

光明更为恐怖

如果太阳把所有的秘密公之于众

活着，将变成腹中第三个孩子

我们需要一个梦

抵达明天，给我一个春天

我们继续旋转

监考记

酸胀的腿，让我想起窗外的胡杨树

保持着一个姿势，一千年不许动

直至脚底生出根来

这需要怎样的定力

我俯瞰着一排低垂的头颅

胡杨树

也是这样俯瞰众生的吧

看麻雀偷麦子，看人偷吃一头大象

甚至窃取一个王朝

千年了

胡杨树见惯了这些小把戏

激不起一点波澜

她沉默不语，以神的姿态穿越时光

年终总结

一只被诅咒的兔子

从去岁寒冬的一场雪崩中

奔突出来

身后紧追不舍的雪球

越来越大，越来越快

我的腿却越来越短，眼睛越来越红

这命运的下坡路啊

眼睁睁看着现实主义的西瓜

一个一个，从身边呼啸而过

我对着她喊：收回吧，收回吧

我不要洁白了

这个世界不需要洁白，也不允许洁白

我只会被它的高寒所伤

我一无所有，除了一身古老的雪白

城里的沙子

在大漠待久了

沙子成为我们乡下的亲戚

有时候是我们驱车

去看她们和那些手执火把的树

有时候，是她们耐不住辽阔的寂寞

洋洋洒洒地飞到城中

热切地拥抱路人，甚至拥挤在

陌生人家的门窗缝隙

像无人打理而散落人间的文字

不像塔里木河的水，可以流淌成

一条河的命运

那些微尘太小太轻，只能以集体的名义

和我们短暂地寒暄

我记不住她们的名字，偶尔一两个

稍稍挂在嘴边和耳畔

新和县的鸽子

告诉我，常年在天空飞翔并死于空中的翅膀

和因于牢笼、烧烤成美味的那一双

落入盘中时有什么区别

我们不需要完整的鸽子

我们需要大量的鸽子肉和烤得酥脆的骨头

不断被清空的天空，我们不再望天

作为一个集体，被扯掉的白色羽毛

和脑袋

蜷缩成小团，细长的撒上酱料的众多脖子

分不清谁和谁

神经迷失在舌尖上很久了

"多么美好的生活"，你说

大漠里的第一次飞行

和芦苇丛中的天鹅、野鸭不同

塔克拉玛干上空

银质的喙，发出远古荒原的第一声金鸣

一个期盼已久的高瞻远瞩的视角，须借助

一块钢铁绝对安全的飞行

哦，天空的事业上，我们不谈及

维艰的往事和相对论

我们需要纯粹的严丝合缝和唯一标准

把天空交给天空，让钢铁检验钢铁

绝不掺杂半点言语的成分

一万米的领空，你是绝对真理的王

你坐在稳固而平衡的王座

逡巡四野

并默默记下了掌间的山脉、河流，连同大地上

最古老的那棵胡杨树

你不允许一滴血的发生

边塞生活二重奏

大地正经历着长久的手术

淤堵、爆裂、塌陷

外翻的血肉与筋骨，有泥土的芳香

被秒针抽打着的赶路人

更高处，是陷入沉思的胡杨

粗壮的手指托举着

大漠的天空

在生死轮回里

胡杨树，用肉身再一次

打造出秋日的

黄金王国

醉蟹

用毫升的牛栏山

送你最后一段横行的路

你因此获得了美味的死亡

准确地说，美味是我的，死亡是你的

但我们终将合为一体

你成为我的一部分，反之亦然

我们在宿命的罗网中缠绕不止

最后生死疲劳

直至接受所有的一切

那些过于遥远

且让美酒保留你死亡前

最后的新鲜，享用你的人

洞悉了你秘密的柔软和坚硬

赏月

大地上从未有这样一块石头

永恒地发着光

且被时间打磨成一块美玉

只能在空中，隔着遥远的距离

颠簸于大海与山峰

并经人间无数次的低头与抬头

才能忘记你周身的伤痛和一身负债

你的旅程并未轻松，从未

神话一步步退守枕边

你终将愈加清晰和愈加黯淡

坠落在

不再仰望的王国

吃鱼记

新鲜的死亡

富有弹力的跳跃，奔向龙门相反的方向

最积极的一只，被命运之手选中

从水到案板的距离，两个世界的门

关上又打开

一套成熟的工序是这样的：

用杀威棒，重击头部

千刀万剐，让痛浑然一体

掏出内脏，切割，把痛感切分到每一小块

下油锅，听身体发出一阵浓香的尖叫

用青瓷盘妆奁死亡，使其成为一件精美工艺品

流经之地，恰到好处的酒香与奶

身体再次有了温热，一些细小的

敌意之后，身体和身体成为温暖的坟墓

只有张着的嘴巴和眼睛

像遭遇漩涡的人类，有一种迷茫的哑然和空洞

喊

回到家，无人

抬头，对着她的照片

喊：妈妈，妈妈

不对，不是这个样子的

山东人不是这样喊母亲的

娘，娘，娘啊

娘啊——娘——啊

使劲喊，再大点声

直到喊出两行泪

喊到嗓子哑

并不奢望回声

就是不想，不想改变喊你的语调

需要更多的练习

才能保持那种熟悉的感觉

这样，他日相见，即使

我满头白发、佝偻成一团

你也能在人群里，一眼认出

你的颤抖的儿子，一把抱住

不得安生

就像风，吹过草木

造物主也会不定地

摇一摇这个高楼，那个灯塔

哪一个有坚固的良心

哪一个成了好看的朽木

他全知道

机器轰鸣

世界陷入虚假的忙碌与拥堵

没有一个人

去追溯第一滴血的成分

东方的河流

习惯性向下流淌和汹涌

无数血肉模糊的影子

成为一面镜子的献祭者

省略句埋伏着

不可言说而人尽皆知的秘密

老套的修辞把戏

只是，那么大的罪业

一只老鼠

它什么也承担不起

但它什么都做了

送你一束沙枣花

幸好身处荒芜

还不知道外面的春天

尚未见过外面的花

幸好没遇见牡丹

不晓得花盆的的规矩和分寸

她们的心最纯真，开出的花最清甜

她们大说、大笑、大哭

打斗嬉闹到一处

米粒小花让整个大漠在五月香透

仔细看。小小的拳头

在枝头紧紧攥着自己的故乡

一场司空见惯的沙尘暴

天上已经更换了王朝

在这场急剧而浩大的改天换地里

我看见大漠里

每一棵树抱紧了自己

不能指责它们独善其身

它们只是灾难来临仓惶逃命的众生相

唯有那些超我的存在，比如母亲

会用柔软的身体抵挡风

比如士兵，张开钢铁一样的手臂

拦截跨越边界的乌云

这是另一种本能

东湖小景

岱尾花又来了一次，不知道

她们还记不记得最初的那粒种子

共享一个名字，每到石头上流水

就深情地盛开一次

一池的黑色标点，游走于清虚

被稀释了一千倍的爱

貌丑而多言的母亲，离家出走多日

瘦小的大头孩子们正在欢度无忧的童年

转瞬入夏，弃儿们很快将走向丑陋

执掌黑夜，霸占水路两道

小小的池塘是仅有的遗产

很快将成为一块

声势浩大且旷日持久的雄辩之地

厨房

滋养大欲、机锋必争之地

多旁击侧敲，教化与寓言的道场

有人烹一小鲜，名曰江山

有人解牛，有人怀礼，不正不食

有人抱仁，告诫君子当远之

有人争权，逼七步熬制一锅豆汤

更有火攻与水淹的精彩，刀俎与鱼肉的反转

此时，却被女人腰间的一块碎花围裙

通通拦截在外

纤纤玉指有了五指山的说服力

她收缴兵器、疏导水火、驯化钢铁

教野兽与草木和谐相处

她深谙女娲抟土的手艺

成群的牛羊从掌心依次走出

万物得以缝补、安抚

她开始熬制骨汤

信赖水，因此愿意交付一切

沸点可待，血污浮沫的最上一层写满了

太多汹涌且宏大的虚词

她微笑

只轻轻撇去，一再告诫她的孩子

生于泥土的，终将归于泥土

大白菜

一层层包裹，再一层层打开

多像一个人的成熟史

那些干净而清脆的心事

总是藏匿最深，也最不堪一击

人的一生会吃掉多少棵白菜

一棵白菜会吃掉土地里多少骨头

那些玄妙的事

请留给北风和最后的雪

只结成一个碧绿的疙瘩

千百年固守一个硬道理：平民思想

风里雨里用清白之身立世

在火红的灶上翻滚成千家万户祖祖辈辈

最深入人心的一道菜

那些树也内斗

柳树、杨树、榆树、法国梧桐

还有一些无名树

会在三月相约，以春天第一声鸟鸣为号

一起挥动绿色旌旗

身体里汹涌着相同的绿色血液

一阵风过来

无不机敏而整齐地响起热烈的掌声

身体会一致向东或向西倾斜

有大同世界的和谐之美

我从不信这些

我曾亲见被人挖出移栽的两棵

根系错综勾连，像两个盘踞已久的家族

斗成一团乱麻

很难想象逞凶斗狠的他们

和娴静柔顺的他们，是同一棵树

青柠檬

那时还不知道

白雪埋于泥土的含义

还不知一场雪融化后的狼狈

还不懂名利场雕琢的浅笑与泪痕

那时，不需要酒精

脸就红了

还不知道灰色是生活的底色

喜欢纵火、破冰、逆行，有维特之烦恼

为一些虚构流泪

坚信太阳和它的每束光

对着一地便士，大喊更钟情月亮

在杯水里，一次次沸腾着模仿

雄鹰和石头的飞翔

山桃花

一开始是莲的尖尖一角

因大漠少雨水的滋润

你干裂五瓣，伤口处鲜而艳的肉色

像小美人鱼分化而出的脚趾

爱，是要付出代价的

美，也是

但你不管这些，你说这一世只要遂心

只爱慕飞翔洒脱之人

旁若无人地在枝头调情

在芬芳里做爱和死亡

坚持自己的花期，必须是

最美的那日，不早，不晚，哪怕只有一天

等你觉得一切都厌倦

你纵身一跳，随风而去

你说：定要死于美

小小的青果，并非重点

春天的故事

春天不需要你，赞美已经饱和

在茫茫的绿中，美学的叛逃者发现了

被车轮碾过

再也没有起来的一抹

至于柳树，温柔是暂时的

迟早会变成世间的皮鞭

有人听到了遥远的哭声，在此起彼伏的

缠绵里，有一声孤独的长啸

你看着屋顶上无数个奔跑的自己

点开灯盏，在一张白纸上

反复写一个人的名字

她在去冬和你走散，再也不回来了

两个房子

倒了

我的两个房子

降生与养育之地

一场洪水和疾病之后

不再拥有故乡和母亲的游子

她们体内疯长的杂草

是我可见却无能为力的部分

之上的庄稼

一年又一年

长满了绿油油的思念

这人间，这中年

一幅巨画

跌落一杯水中

万里山河点点消融

花木愈加明艳，旋即零落

人物来不及大喊一声，纷纷脱落

字迹漫漶，失去了横竖撇捺

一张白纸重新现身

染料五彩斑斓地飞升

混沌成一种不可名状的黑色

浮游于水面

目瞪口呆的旁观者欲言又止

对着空空的墙壁和钉洞

收回手掌并慢慢饮下

像一片秋叶消失

爱收集垃圾的邻居老李已走数年

图书馆的王阿姨也消失在听说二字

这里的人，总是走得悄无声息

不像小时候见到的葬礼

有高亢的唢呐

有此起彼伏的哭声

白色瓷碗里有大块的豆腐和白肉

那时候，死亡还是一件很大的事

整个村庄都沸腾

第三辑　大漠之外

青绿

江山就是美人，美人就是江山

她们不笑

她们不穿红衣

她们一句话也没有说

她们用安静的、刚柔并济的身体摇动你

准确地说，你是被一种遥远的美击中

古老的风，让天下的水和人

波光粼粼

山，没有动

只有时间能吹动群山像水一样，起起落落

不问谁主沉浮那样的话，我只守着

一座山，它只属于我

它是我的母亲赐给我的

它温热，也寒凉，有着一世为人的

悲欢的雨露

有着世间只此一种的青绿

包饺子的老虎

这不是一幅祥瑞的年画，我不相信

一只萌化的虎

我笑不出来

只觉得恐怖，把一头一声咆哮就能让

江山和岁月颤抖的兽

圈养家中

乖乖地

闭上血盆大口，长久地保持沉默

把一颗称王的心熄灭

让其低头包一盆饺子，或者剥一头蒜

那么，背后这一股

驯服野性的力量，该是如何惊天动地

却又不为人知

我不敢将其作为年画，平常地挂起

我能想象半夜里

一头野性被唤醒的兽，从墙上下来

吞食梦中人

一口一个饺子的样子

少年之死

真未必带来美

终究还是个孩子，一厢情愿地

把他者的故事，想象成自己的故事

千夫所指后，仍期待一个泪汪汪的故事

他还不知道黄金的厉害

丛林里的王者，发出老虎的震吼和火焰

把爱情碾成一张薄纸

亲情也会如此

异化，从最厚德的土地开始

啊！曾被月亮照过的土地

太多致命的诱惑，团圆是其中最深的执念

寻根，成为镜中

最黑暗的人性历险

让悲剧走向更深处，像一片误读的雪

终结成一个气泡

发出一声叹息的爆破音

茶杯犬

我们对女人做过类似的事

用洁净的白布

一层一层，裹住小小的叶芽

连同稚嫩的尖叫

用柔软的刀锋，抑制生长

从果子里挑选，小、尖、弯、软、香

捧为上品

配以闻、吸、舔、咬、搔、捏种玩法

用一千年的风，催动两朵

莲花摇曳

历史那么长，我们有足够的耐心

让酷刑变成一种大众审美，最后成为

钢的体制

每一声赞美，都是一个诅咒

残酷的爱

制造美的巨大深渊

失乐园

三声叹息，来自复旦

一起扫地的，绝非仅仅斯文

权力和财富的游戏里，学术是最弱的一脉

爱情正以小时出售

其他宏大而应然的词汇，纷纷沦为

消费主义的符号

古老的职业，远比古老的学府

更具切肤而温润的说服力

面包，不足以填充现代主义的身体

好色者与好德者，身染无法满足的痒

三杯水，已经饮下

影子，在秋天拖着长长的尾巴

丑小鸭的故事

没有别的办法

只能以岁的瘦小身躯

一跃而下

用头撞击水面的方式叩开天堂的门

必须以世界最小的水花

在赛场外

另一场水域，溅起最大的

一片水花

成功了，这个被上帝吻过

额头的孩子

此后，所有的冰山

都会化作水泡

人们照例聚拢来，又散去

像海浪，像沙子

个人主义的胜利

第三道门被打开

女人醒来，幽幽地说：

我的乳房高于一切国家

透明的光。她快活地舒展自己的海岸线

并宣称独立自治

骄傲地，像一条横亘在大地上的山脉

一只粽子的吃法

待到端午

只会让禁欲主义的舌头

陷入夸张的修辞错觉

至于提前吃掉的那些

填塞了诸多奇思妙想的那些

骄傲与满足后

难免发出解构的一声叹息

日历并不是

品尝这道小吃的秘方

除非想到一个人

并就着他的诗

一只严密包裹的粽子

才能恒久地释放出古老的芳香

如果舌头不允许批判

那么舌尖上的食物

就是汨罗江水

对楚王和他的佞臣

最委婉和最久远的追责

写给六一

别在乎日历

那不过是抽刀断水的妄念

意义的制造

和一朵玫瑰的命名一样徒劳

语言堆砌的田埂上，岁月自会长出应有之物

和你我无关

但我仍好奇：昨晚的那场离别

五月对六月说了什么

比如：我的使命完成了

该绿的都绿了，改打开的都打开了

一定还说了其他

不然今天全世界的孩子不会那样兴奋

满眼都是星星

稻田守望者

这是一个老人与稻田的故事

在他的掌心

是小小的一粒种子

关乎国运，是天大的事

士大夫程颐没有尝过

草根、树皮和观音土的味道

他不懂这个老人

大海捞针的痴心来自何处

年少时，他认定一株植物

以父亲的名义

从事波澜而金黄的事业

土地，成为最高、最坚定的信仰

当田野里

人们的肚皮和他的稻穗

一样饱满的时候

壮心不已的老骥终于露出了笑容

小满，这一天

这个用一生守卫天下粮仓的老人

获得了人生的大圆满

一个真实的谣言，让十四亿人

同时停下了手中的碗筷

写给故乡

只剩下一块石碑

怎装得下千户人家和悠悠往事

此一别，便是永远

祖祖辈辈，我的老家

其上鎏金四字——东黑冢子

几代人梦中呼喊的乳名，陌生而熟悉

喜迁新居是背井离乡的另一种读法

寄人篱下是独立高楼而不高声语的隐疾

啊，我的老乡

牛羊可曾学会了拾级而上

阳台上栽满蔬菜的花盆是曾经麦地的简笔

薪火相传的手艺

在布满老茧的掌中蓦然止步

村头那棵老槐树，失根倒下的一瞬

鸟雀和花香，漂向四野苍茫

同宗同族的种子

在散落天涯海角的乡音里相拥相认

东黑，东黑

从此，每唤一声，都热泪盈眶

每看一眼，都欲言又止

写给最后一刻的老马

——缅怀昌耀

陷落同心圆已久

从桃花源出走烽烟，风雨中跛行的瘦马

天空的嘶鸣过于悲壮，巴颜喀拉雪峰一夜白头

从地平线渐次隆起的高车已经走远

你要的雄鹰和雪豹始终没有来

只有一只小得可怜的蜘蛛，纤细的多足

试图把落霞织结进地球一壁的孤独

你嘘叹一声

被秋风反复抛掷的落叶，露出高原的底色

最后一次攀登，嗒嗒的蹄音

落满痴人的咯血，最后一次

对着坠入深渊的火球，嘶吼

锈蚀的岩壁开满十一朵火红的玫瑰

马蹄上的花香令你一阵眩晕

你看见一个土伯特女人和三个孩子围坐火旁

锅里煮好了一只羊肋巴

一块白色巨石决然滚落，这一次

西西弗斯并没有接住

峨日朵雪峰也一阵战栗，草原西山留下了

一片巨大的美与空

貂蝉传

你是刺杀董卓老贼的

第二把七星宝刀

温润妩媚、更为锋利

当孟德逃命、十八路大军束手无策

皇帝沦落成一支笔

一个弱女子

当家国和恩义二词抛掷面前

你可以是司徒家的女儿

也可以是爱笑的歌妓

大汉天下的命运

在你的唇齿间星火明灭

一哭一笑，让一个气数将尽的朝代

在案板上突然翻了一个身

玩转天下

一个凤仪亭就够了

当杀戮结束，几个男人

重新坐上上宾之位

宴席上，没有你的一把交椅

你注定是湮灭在历史宏大词汇里的

一朵浪花

但你在充满月光的水边

惊恐而坚定的那句"万死不辞"

就像每年春天如约的桃花

一次次落满山坡

喀喇昆仑的雄鹰

何须高光宏大的词

想象你的孩子或者兄弟

在家门口用血肉之躯阻挡登堂入室的狼群

该是怎样地惨烈与忠勇

像不像历史遥远处那位深陷重围毫无惧色的常山将

然，历史并未走远

他，寸步不让

五个人，站立成界碑的模样，字句铿锵

不可越界一步

你感慨石头的坚定、钢铁的炼成、英雄的血

何以如此

只因脚下是国，背后是家

被误解的沙漠

"到沙漠看胡杨"

借助现代主义的光影

远方的人，把死亡变成一种美学

一具具风干的躯体，无知无觉，赤裸着

零星几片绿叶让鲜活的死亡

延续千年，并被定义顽强

一种关于永恒和不朽的虚妄

被无情的沙漠掩埋

在无尽的黑暗，也许若干年后

两棵有缘的树，会以煤块的面目重新相认

母亲一词是忍住没有说起的烈焰

西部往事

这是专属北国和西部的镜像

一场盛大的雪事

以一种恢宏的普世叙事连接了天地

但如果仔细看

芦苇的白不同于羊群的白

戈壁滩上的雪异于空中坠落的雪

茫茫的白与黄

人迹罕至，古老的植被与虫兽

保持着生命元初之态

西部世界最迷人的部分

我的西部和往事

以每小时公里的速度

光电之速闪退两侧

翻一次身，依次经历

哈密的自己和柳园的自己

明日投放之地

风景与人面，注定写满模糊的字迹

鲟之殇

最后一只

无法进入大海，甚至钱塘江

只好摆动九百斤的巨身

挤进一张四方纸片

忆起在地球亿年的活动史

一呼一吸间，汉去唐来，对故乡

始终疯狂而灼热的执念，不惜生死往返

人，向来是生产复制品的高手

昔日的长江霸主，沉默温顺地

游走水池，软软嫩嫩地端上精美的餐盘

很像那些年落难的菩萨和孔子

击碎又被重塑

雄心壮志的人们，再一次抡起铁锤

夕阳被一块陶瓷碎片割伤

一种异样的壮美

端午节

有客从函谷关而来，满满两袖暖风

一管，以金黄召唤朝堂重臣

一管，软软地吹向后宫枕边

九歌哪能敌得过人性呢

香草美人

也改变不了一条大河的流向

纵身一跃

浪花翻滚了两千年

决绝地，抱石而死

而你，成了水底最大的一块石

你说有些石是用来补天的

有些，需沉寂河底

镇守你心中不可移转的道

你说大河不能只有水草